与落叶谈诗

晓风 著

陕西新华出版

太白文艺出版社·西安

图书在版编目（CIP）数据

与落叶谈诗／晓风著. -- 西安：太白文艺出版社，
2023.6

ISBN 978-7-5513-2398-7

Ⅰ . ①与… Ⅱ . ①晓… Ⅲ . ①诗集-中国-当代

Ⅳ . ①I227

中国国家版本馆 CIP 数据核字（2023）第 090533 号

与落叶谈诗

YU LUOYE TANSHI

作　　者	晓　风
责任编辑	曹　甜
出版发行	陕西新华出版传媒集团
	太 白 文 艺 出 版 社
经　　销	新华书店
印　　刷	成都兴怡包装装潢有限公司
开　　本	880mm×1230mm　1/32
字　　数	50 千字
印　　张	4.625
版　　次	2023 年 6 月第 1 版
印　　次	2023 年 6 月第 1 次印刷
书　　号	ISBN 978-7-5513-2398-7
定　　价	52.00 元

如有印装质量问题，可寄出版社印制部调换

联系电话：029-81206800

出版社地址：西安市曲江新区登高路 1388 号（邮编：710061）

营销中心电话：029-87277748　029-87217872

物象与心象叠加　为灵魂找寻出口

——读晓风诗集《与落叶谈诗》

流　泉

　　诗为何物？不同的诗歌写作者自然会给出不同答案。晓风在《与落叶谈诗》中说："一首诗，是承载波涛的车马。"很显然，在晓风眼里，诗歌就是心象与物象的叠加，是一种灵魂的承载物，诗歌的种种表现无非是在为灵魂找寻更多的出口。

　　基于此，晓风的诗写的不是对事物简单的描摹，而是更高意义上之于生活乃至人生乃至整个世界的体悟与挖掘。他的每一首诗，无论表现怎样的主题，都是心灵的一次次悸动，是探寻，是呐喊，是抵达。

　　离开诗歌多年，晓风现在重拾写作，在书写中便更多了些生命体验以及个人对于客观世界的观照。因而，他写诗的路径始终是向内的。与一般回归者不同，其叙述基调几乎呈"冷抒情"态势，如是书写态势同时也决定其诗的意义指向，不一样的含糊性催生着诗歌的繁复性与多元化诗意表达。在《与落叶谈诗》这部诗集中，我们能轻易地读到一颗心灵强烈的颤动，事物的矛盾性与作者个体心性相辅相成，融会贯通。

整部诗集所涉猎的题材相对宽泛，不论写亲情、乡情、山水情，还是写作者个人内心点滴的感悟，最终都归结于"心象"建构。物为心用，万象皆为"心意"。通常，一首成功或较成功的诗，应该具备三个维度，即宽度、厚度、温度。以此来权衡晓风的诗，无疑，他的创作实践值得肯定。在我看来，晓风对生活的观察、事物的洞见、心性的诠释，不是平面的，而是以立体架构来凸显并打通诗意路径，赋予诗歌文本更大的向度、更广阔的纵深度。

　　晓风的大多数诗作围绕"物象""心象"的叠加做文章，在打开方式上，用一扇门打开另一扇门，良好的层次表现与建构手段确保了诗意的内部流通，从而实现有效的发散和扩张。尽管每首诗主题不同，但因意象的精准和内在情感分寸把控到位，整个文本就显得自然谐和、丰盈饱满。

　　《与落叶谈诗》作为诗集主打诗，具有典型性。诗歌充分利用意象隐喻作用，串联意象与意象间内在逻辑，将意义生成的聚焦点主要放在"落叶"和"一首诗"上，并透过"落叶"和"一首诗"完成了对中年人生状态的叙写。与落叶谈诗，其实是对过往的一次审视，也是对当下的一种叩问与关切。"白云忙于修辞/火趁机烧灼苦难的舌头"，作者巧妙利用各意象的相互交错，展示出对生命意义与价值的重新认识和思考，具有强大的诗性张力和诗意穿透力。

　　物象作为心象铺垫，由外而内，层层递进，比如"书信在交响乐的回旋中裂变/像警示的路标/抉择彰显生死高度/命数是紧攥手中那根决绝的绳索"（《书签》）；"喷洒的高压水枪，带你冲击世界/充盈粗犷的摩擦声/像在艰难时刻搓打你的骨头"（《洗车有感》）等。心象作为物象抵达，步步为营，终成正果，比如"枯竭敲响警钟/复活是消融中不老的辙印/村庄总在罡风之上/而一首诗，是承载波涛的车马"（《与落叶谈诗》）；"暗夜中/鸟翅鼓振心房/呼吸找到明亮的方向/——那绿叶枝头繁星孵化的窠巢"（《松弛的暗涌》）等。以心接物，以物入心，这种以"心象"为定位的书写，由物象向心象转换，并最终实现对客观物象的超越。可以说，晓风的这种追求不仅是当下的书写，在一定程度上，也具有中国传统文化艺术的审美特征。

在情感内化及诗核聚焦方面，晓风的诗同样做了努力。在蛰伏式的状写中，情感的节制与行文的内敛达成默契。动静之间收放自如，在一个"藏"字里，制造空间。他写父亲："父亲抖颤的背影/在如钵湖光中渐渐入定"（《和解》）；他写母亲："母亲在病床上/似乎也听到了光的鸣音/枯干的耳郭/在一天的开端，竟有了新鲜的血色"（《光的鸣音》）；他写友情："岁月变迁/纠集风化的朱砂痣/于昏黄暮色中/重新拼凑你的身影"（《红茶》）；他写乡情："远山的翅膀/栖息高台之上/像瓦片一样坚守忠诚"（《沿坑岭头村柿子红了》）；他写山水情："脚板被硌痛的神经/联通青春斑驳的记忆/犹如千年古樟下的一窝龙蛋石"（《画乡卵石路》）。在诸如此类沉稳而波澜不惊的表达中，作者所隐藏的必定是来自文字背面的"波涛汹涌"。晓风深知，好的诗歌不是要我告诉你什么，而是你在这些文字中读到了什么。

晓风是一个真诚的诗写者、一个游离种种经历间的审世者、一个善于在世间万物中寻找真相的思考者，因而，他的诗歌中往往寄寓着一种触及灵魂的力量，令人欲罢不能。我喜欢并敬重这样的诗人。

诗艺无止境。愿晓风在诗之路上，越走越远，越走越好。

是为序。

2022 年 12 月 25 日于丽水

　　流泉，原名娄卫高，男，汉族，浙江龙泉人，祖籍湖南娄底，现居丽水。中国作家协会会员，中国电影家协会会员，浙江省丽水市作家协会副主席，丽水学院客座教授，丽水市宣传文化系统"四个一批"人才。先后在《诗刊》《十月》《星星》《北京文学》《扬子江诗刊》等国内外报纸杂志发表各类文学作品，多次入选各种年度选本。作品曾获首届大观文学奖、瓯江文化奖等多个奖项。著有诗集《在尘埃中靠近》《风把时光吹得辽阔》《白铁皮》《砂器》等，主编《丽水诗典》。

目 录
CONTENTS

与落叶谈诗　　　　　　　　　　001

光的鸣音　　　　　　　　　　　002

尘　埃　　　　　　　　　　　　003

书　签　　　　　　　　　　　　005

天空之城　　　　　　　　　　　006

友　情　　　　　　　　　　　　007

梳　理　　　　　　　　　　　　008

松弛的暗涌　　　　　　　　　　009

手　术　　　　　　　　　　　　010

和　解　　　　　　　　　　　　011

红　茶　　　　　　　　　　　　012

归　渡　　　　　　　　　　　　013

倒春寒　　　　　　　　　　　　014

立春有感　　　　　　　　　　　015

茶园吟　　　　　　　　　　　　016

与落叶谈诗
YU LUO YE TAN SHI

寻　找	017
沿坑岭头村柿子红了	018
音　障	019
嘤　语	020
岩下石头村	021
仙侠湖	022
仙仁村	023
洗墙工	024
乌　鸫	025
涠洲岛之夜	026
天　鹅	027
藤　萝	028
随　遇	029
水之灵	030
三江口	032
蜷　伏	034
清明寄思	035
秋夜如水	036
坪田村夜色	037
年　味	038
暮　光	039
木芙蓉	040

觅　痕　　　　　　　　　　　　　041

老爷车　　　　　　　　　　　　042

结　节　　　　　　　　　　　　043

呼　啸　　　　　　　　　　　　044

端午茶　　　　　　　　　　　　045

悼母词　　　　　　　　　　　　046

沉　默　　　　　　　　　　　　047

奔　跑　　　　　　　　　　　　048

百山祖　　　　　　　　　　　　049

喁　啾　　　　　　　　　　　　051

中秋追月　　　　　　　　　　　052

中秋漫想　　　　　　　　　　　053

元湖公园　　　　　　　　　　　054

杨家堂　　　　　　　　　　　　055

堰头赏樱　　　　　　　　　　　056

学　舌　　　　　　　　　　　　057

心　火　　　　　　　　　　　　058

新年随想　　　　　　　　　　　059

洗车有感　　　　　　　　　　　060

我想听到你的声音　　　　　　　061

瞳　孔　　　　　　　　　　　　062

上垟窑变　　　　　　　　　　　063

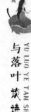

山村台风夜   064

情　殇   065

清明祭祖   066

桥　灯   068

九　月   069

九龙湿地萤火虫   070

画乡卵石路   071

寒夜思   072

胡子的酒庄   074

冬夜轻语   075

冬日之眼   077

春与早樱   078

春日访惠明寺   079

春满千峡湖   080

白玉兰   081

晨跑漫想   082

不同的马拉松   083

抱器轩   084

病床上的母亲   085

城市的蜕变   086

打　桩   087

大济进士村   088

钓　　　　　　　　　　　　　090

冬日屏南行　　　　　　　　　091

独山蟾峰　　　　　　　　　　092

父亲的药草　　　　　　　　　093

孤　叶　　　　　　　　　　　095

古街寻迹　　　　　　　　　　096

户外穿越　　　　　　　　　　098

火与冰的相对论　　　　　　　099

龙现村　　　　　　　　　　　100

江滨拍月　　　　　　　　　　102

苦咖啡　　　　　　　　　　　103

理　解　　　　　　　　　　　104

量血压　　　　　　　　　　　105

面　试　　　　　　　　　　　106

母亲的城堡　　　　　　　　　107

那年七月　　　　　　　　　　108

那支烟　　　　　　　　　　　109

南明湖　　　　　　　　　　　110

屏南群山赋　　　　　　　　　111

破除灰暗　　　　　　　　　　112

千岛湖日出　　　　　　　　　114

千峡湖　　　　　　　　　　　115

青瓷裂纹　　　　　　　　　　117

秋　祭　　　　　　　　　　　118

秋日乡村蓝调　　　　　　　　119

秋　别　　　　　　　　　　　120

台风雨　　　　　　　　　　　121

同学会　　　　　　　　　　　122

夏日晨跑　　　　　　　　　　123

夏夜的呼吸　　　　　　　　　124

香草寻魂　　　　　　　　　　125

寻　梦　　　　　　　　　　　127

夜半有感　　　　　　　　　　128

夜半雨声　　　　　　　　　　129

忆老友　　　　　　　　　　　130

异乡雨晨　　　　　　　　　　131

中秋印记　　　　　　　　　　132

走龙泉西街　　　　　　　　　133

与落叶谈诗

狮子追杀斑马
鸟躲在死神的皱纹里噤声
雨水蒙蔽大山的眼睛

欲望如风
不可遏制的霜雪
凝固话语的每一处伤口，结痂的创痕
又一次泄露天机

白云忙于修辞
火趁机烧灼苦难的舌头
收割是主题
稻穗裸露忧伤的锋芒

枯竭敲响警钟
复活是消融中不老的辙印
村庄总在罡风之上
而一首诗，是承载波涛的车马

光的鸣音

天际若刀石
把清晨磨得发亮
母亲在病床上
似乎也听到了光的鸣音
枯干的耳郭
在一天的开端，竟有了新鲜的血色

自由奔跑在瓯江边
母亲要我回家的呼喊声
附着在追风的脚印上
仿佛冲破了时间的血管
喷涌出幽冥深处的记忆

这记忆
像母亲的身影，一天天
在衰弱
我的舌苔，被病毒的冠盖阻隔
已半年收不到
母亲眼光的滋濡

尘 埃

头顶一片沙漠
寂寥苍凉
日日用酒浇灌
长出的白茅草
不能用作治疗愁绪的药

尘埃不觉得自己已经落定
该落定的是我们躁动的心
白月光幽冷
在瘀伤处涂抹白花油
彷徨着，踟蹰着的
不仅是影子
还有吹过耳畔的热风

心比以前跳得缓慢而坚实了
脸比以前变得苍老而从容了
就捧一抔尘埃
和上水，揉成团

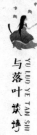

捏成一个祭品

尘埃，星光

用菩提叶轻轻拂去

书　签

大雁掉下的羽毛

飘进五线谱的惊涛中

像小船漂游在亚马孙河

品赏了奇花异草

也经历过惊心动魄

悠扬的过门后

过山车冲破声音的网罩

书信在交响乐的回旋中裂变

像警示的路标

抉择彰显生死高度

命数是紧攥手中那根决绝的绳索

绞尽脑汁地思考

为爱恋耗尽平生的发梢

虹彩在天际，如斑斓的蘑菇

闪烁着蛊惑之光

天空之城

回归洞穴

给自己筑起一堵隔墙

岩壁是水的齿颊

舔舐火焰

烘烤那片云饼

薄翅饮朝露后，发光

在碧浪虚空中翱翔

瓮中酒躲在暗无人烟处

孕育深邃星空

山风裹挟荧光，幻听

升降机醉意咣当的声音

铁榔头叩击燧石

淬炼狩猎之箭

一只松鼠待在绿叶枝头，嘲讽

"这在深渊上虚妄挪移的脚步

只适合在失重的太空游弋"

友　情

你的眼瞳
打水漂，仿佛火柴划过磷面
字符瞬间点燃笺纸
欢愉焰火般渲染，提炼
纯真的友情

瓯江静默长流
暗涌已百转千折，斑斓彩鲤
从一个比一个
更凶猛的旋涡中挣脱
只需要短暂的呼吸交融
在水草藤蔓间就惺惺盘桓

犹如同频跃过龙门
在波浪浮沉间相随
咖啡充实奶油的绮梦
彩虹嚼碎山岚
如同红酒蹦出高脚杯
在酸甜漫步中，回味苦涩的历程

梳　理

我走在人行道上
看到街道洁净无尘
原来满目黄叶
已被扫入旁边灌木丛中

躯壳给了黑土地
暗寂腐烂，滋濡金桂如星芒
迟来的桂花香，踟蹰沉吟
抚平法国梧桐的记忆瘢痕
投下路灯般的句号

我拢一拢领口，轻理霜鬓
已感受到寒意萧瑟
这就是秋的臻境
万物生化不息，终而归一

松弛的暗涌

暗夜中
鸟翅鼓振心房
呼吸找到明亮的方向
——那绿叶枝头繁星孵化的巢

满山的杜鹃
那是地下忠骨叩击燧石
安岱后的炉火淬炼着镰刀和铁锤
啼血晨光照亮山路
焚毁荆棘的羁绊，在春天
撒播种子

此刻，松香味的秋风
正吹送着哈达般的雾岚
瞳孔似稻穗上的露珠
呈出欣慰的唇语

手　术

夜色绑架呼吸的翅膀

廊道淤堵，遭受清风鄙夷

窒息，如斗室禁闭

幻觉闪耀

愚蠢的神经，逼迫血管暴动

手术刀画着十字祈祷

全身麻醉，裹挟魔毯

飞翔擘画草原上的风车小屋

战争倾覆城邦

仿佛会结束混乱欲望

痛苦提醒存世的意义，在满目白月光下

沉郁嘶鸣

安抚躁动的脑门

生与死，只是瞬间的跨越

和　解

在僻静的库湾码头
父亲苦等母亲康复回家
母亲的絮叨却已如眼波湮灭
父亲抖颤的背影
在如钵湖光中渐渐入定

知了嘶哑鸣叫
呼唤沉寂之月
在蛐蛐声尾随的山风中
一丛紫苏袅袅浮起
祛暑、解表、止咳、顺心
劝慰愠怒的慈悯

红　茶

思念在黄褐色里发酵
过滤结垢的泪珠
你的发丝梗塞心肠
截留苦涩后甘甜的记忆

全身的血
已凝固为承重墙
在你如水目光的照拂下
我执着地陪着那棵千年月桂树

岁月变迁
纠集风化的朱砂痣
于昏黄暮色中
重新拼凑你的身影
五步蛇游过草丛
曾经的戾气
在一杯红茶中融化殆尽

归　渡

厦河塔扼住瓯水的呼吸
把云雾镇压在
远逝的一叶风帆上
像难以悟透的符咒
负荷着超载的爱恨离合

枫杨凋零
冷看广场舞的喧嚣
红艳的尖屋顶蒙上面纱
羞于多情的誓言
布拉格春天的跨国恋在此上演
村姑在渡口舀水、捶衣
倾泻蓄积已久的哀怨

小水门大桥上的刹车声
和巾山塔腹内水陆道场的冲撞声
惊醒浮桥上摇晃的步履
像轻捋念珠的老僧
超度终将寂灭的泡沫

倒春寒

嗝啾在耳郭间酣畅写意
花朵的繁华与易逝
仿佛木鱼艰难呼吸的经文
在沉寂的湖面
吹皱诗篇
残筵杯弦、凌乱字符
飘荡早春二月的萧瑟寒意

冬与春对峙，烟雨
占据了舞台，丑角粉墨登场
春的丰姿被囚禁在冷宫里
苦熬度日，风筝
在陈词滥调里沉浮

阳光的引线化为利剑
劈开黯然心结
如白鹭以长腿支撑在险滩上
以利喙啄拾
随春风游荡的鱼汛

立春有感

冬雨绵绵
终于在今天祛湿化晴
玉兰花芽头
仿佛牡蛎附着在黑珊瑚枝上
静候花海起伏的潮涌
鸟畏惧倒春寒的冷脸
躲在暗处
用久违的啁啾雕琢春光
天猫精灵唱响轻松的歌曲
大年初四，一切静好
风铃花张开怀抱拥吻
水仙花般金灿灿的祈愿

茶园吟

阳光的触角像闪电
鞭笞独山的孤寂年代
痛楚热辣弥漫
以盛夏之火烘焙茶青
淬炼青铜宝剑的芳华
在天地盖碗内
清香氤氲升腾
嬗变新生命的啼哭

蓝头巾点缀绿野离离
在枝头鸟喙般跳动
衔来片片生死契约
抖落一身红尘
难忘昨夜歃血为盟的茶叶酒
醉意在齿颊间哺育万亩茶山

比黄金更珍贵的是这儿有纯粹绿色
勃发如箭镞，随云翻飞
比蓝天更灵动的是这儿有晶莹绿色
无垠如草原，碧波漾金

寻　找

烈日炙烤我的心
从一帧帧回放的影像里
我苦寻您的身影
您佝偻着，淹没在人海中
闪电般冲击，蒙太奇

您这次真的迷路了，母亲
再也不会像上次
经过七个小时漂泊后
坐在我家隔壁小区
看到我，惊喜地说
"终于找到你了"

微弱的呼吸
找不到肺叶的脉络
如同被拆的村子
再也闻不到稻花香
在废墟之上，我再也找不到
救赎的圆月

沿坑岭头村柿子红了

沟壑纵横，母亲的脸
沿坑洼峻岭，眼窝
孵化黄泥屋古朴的记忆
屋檐掀起眼帘
炊烟依偎，轻拂落叶

串串柿子红了
如同眼珠子悬挂在屋檐上
发射红外线
终于找到云雾中
远山的翅膀
栖息高台之上
像瓦片一样坚守忠诚
高唱《大风歌》
护佑着这片土地

音　障

我刚想倾诉思念的话语
你却用眼光
在我周身围筑隔音房
禁绝我的喘息

你神情狐疑，但锋利无比
切开我胸口的肉
仿佛核弹在我心头爆炸
把一切希冀化为乌有

闪光如出鞘匕首
凌迟我躯壳，战栗
抹去
酝酿甜蜜的蜂巢

如同黄叶被褪尽绿颜
别离竟是
一次次缱绻，缓释毒药
犹如波涛被幽禁在暗流底处
蜷缩在无休止的盟誓中

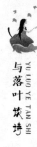

嘤　语

卡布奇诺盛放奶白泡沫

鸟羽般亲吻你的舌尖

仿佛瞳孔旋涡里

浮沉苍白哑语

让乌鸦在枝杈间无处遁形

月光随冲动的呼吸变化脸谱

风铃摇曳凋零序曲

在这一杯咖啡里，上演

原始部落的宗教仪式

冬雪向春神供奉祭品

在黑土地上，印刻死亡图腾

岩下石头村

在这里
整村都是用不规则的石块
垒砌而成，庇护众生而与天地抗争
冷硬蒙上烟火气
犹如熔浆淹没冰湖
刚柔相济地世代淬炼

豆腐乳困在玻璃瓶里，岩壁般规整
晾晒，阳光赐予令人石化的美味
在舌苔上刻画五线谱
宛若瓦片斑驳交错，风声
在日月对弈的斗檐间呜咽

石墙间相逢一笑
绿色涌动青春
在石拱桥上步履踟蹰
仿佛红豆杉守候百年盟誓
论证阴晴圆缺的建筑结构美学

仙侠湖

巉岩伸出双臂，青筋毕露
环抱天地间一潭净水
浪花飞翔，在渔网间穿梭
银鳞搏击，帆语拼凑时间碎片
湖底戏台，上演仙侠奇缘

湖岸如老唱片空转，皱纹间
演绎牡丹亭的情殇
仿佛翠岚轻托暮光，愁绪满腮
秋水苦寻
那遗落的碧玉簪
冷月如剑
勾勒侠士风采
超越生死一相逢
便斩断昨日的迷茫

仙仁村

白鹤仙师遗落的宝葫芦
吸纳日月精华
风水在圆肚里萦回
造化毓秀
在长寿馆里修养身心
仁爱驻心中，而温良恭俭
据青山而得道成仙

村长盛邀，到家中喝一杯长寿茶
水好，空气好，食物好，心情好
五谷滋濡五脏六腑
菩萨慈悲的柳枝
降甘霖，坐化千年莲座
镌刻上"中国长寿之村"
感恩上天润泽
漫溢金黄色浆液

洗墙工

他们在蹦跳

踩着浪花的节奏

顺壁而下，躲在空调间里的我

仰望，火焰在舔舐黑色烟囱

冒着热气，支撑

天地，宛若金属摇滚的和弦

间奏，沉郁而忧伤

那锃亮穿透的闪电和雷雨

灼烧

冷漠的眼帘

乌 鸫

一脸腼腆无辜的憨态
你清越圆润的啁啾声
难以想象发自你黝黑的躯壳

也许你曾经拥有华丽炫酷的羽毛
处于众鸟嫉恨的旋涡中
为了生存不得不沉默寡言
在黑夜网兜包抄中
褪尽身上的斑斓色彩
奋力从罅隙中寻机逃离
得以呼吸清新的空气

在枝杈间独自梳理羽毛
恬淡地静思结痂的黑疤
鸣叫是时光列车剐蹭后
赔付的清音

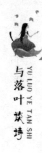

涠洲岛之夜

逃不脱停电的魔咒
咸湿闷热的风迅速把我们拖进
黑夜道场
这鸟笼般的圆岛
虚空刚好刈除人生的芜杂
还不如放肆地喝吧、唱吧、哭吧、笑吧

烟头向蜡烛借火趁机表白
"一切都很简单
只是我们的心太复杂"
黑色崖碑纪念
火山偃息带来和平
沙砾用鱼语荧光嘲讽
远处盏盏渔火燃烧的疯狂

烟草味标识
月光迷失的方向
而酒杯斟进整个大海的空旷明朗
红唇幽幽地发出一声叹息
"明年还会来，拥吻这停电的夜晚"

天　鹅

一只天鹅昂头顶着虚空

洒下傲慢的波影

湖岸冷眼嘀咕道

"空叫有啥用？有种就飞离这水牢"

天鹅回过头用喙梳理

僵硬的翅膀

扑棱扇动几下，显示优越感

带着睥睨万物的眼光

摇蹼游去

仿佛一辈子

在不停地轮回游荡

找寻这一种感觉

藤　萝

在苍老锈蚀的经络上
长出嫩叶，但长不大
贫血，发黄萎靡
仿佛云彩横亘夜空
在回忆，星河日渐消瘦
被黑洞噬尽血肉而湮灭才华
茂盛，只是瞳孔合成的假象

此时彼时，此岸彼岸
甜蜜或痛苦，思念
祭祀仪式奢华
烟火，从高香上凋落
终归于虚空肚腩

这绿色，生活壮丽的旗帜
飘扬，昂然
让自我如同星尘随性曼舞
燃烧暮霭，绚烂辉煌

随 遇

一位老农身穿防水裤
在翻整茭白水田
烂根的腐臭味令人掩鼻而过
残荷枯黄，凋落在水面
犹如乌贼吐出的墨团
烟雾般纠缠

迈入旁边寺院大门
虚云、弘一等得道高僧
一字供奉在黄墙上
眼神悲悯，看得我头皮发麻
禅房内，众僧敲着木鱼轻声诵经
梵音似秋风
安抚每一个燥热的毛孔

忽然传来女孩的惊叫声
一条斗牛犬踞利爪而立
怒目圆睁，"哼哧哼哧"喘息
仿佛在警示——
凡心未泯者禁入

水之灵

觊觎蓝宝石的至尊地位
垂涎银鳞的纯净无邪
贪婪的利齿下发出嚎叫，暴戾
裹挟腥臭的黑风蹂躏河川
窃取月之弓弦漫射毒箭
摧毁波光粼粼的生境

符咒被屠戮
鱼群在翻白
如同闪电颤舞
成为邪魔的祭品
众神精心养护的眼睛
竟被蒙上了一层白雾

灵魂被困在失血的躯壳内
熔岩般暴动喷薄
以晨曦的名义歃血
斩断黑夜的桎梏
在轻歌曼舞中

水之灵
浮起圣洁的胴体
悠悠轻舒水袖

三江口

老水塔像一束老家的熏笋干

悬空在飞檐间

面容灰暗又坑洼

犹如诉说守望的艰辛

肚里的泪水已升华涅槃

千年古樟伛偻在阳光皱纹里

手指拢着火盆，烘烤一条鲫鱼

追忆鱼鳞般流水年华

水车停驻轮回的惯性

思考存在的意义

剪影定格在远处高楼大厦上

在这里

三条溪碰头开早会

总结过往，展望未来

古老与现代

仿佛徜徉绿水青山间，碰撞

火花与尘光曼舞

在瓯江源头和解交融

到江边舀一瓢秋波
盛满沉甸甸的乡音

蜷 伏

我们蜷伏在大洋深谷处
抚摸彼此海豚般滑溜溜的肌肤
感应彼此的悸动
高音如荆棘
刺破蔚蓝色的梦境
恍若火山熔岩喷发
尘烟凝结成孤岛

此刻无语，并不代表死亡
为了孤独不寂寞
肢体缠绕若藤蔓，放空悬浮
在珊瑚上孵化
火与水的融合体
——可燃冰怒放焰火
蓝精灵气泡一样飞翔
嬉戏于曾经的伊甸园
在这里，释放赤裸裸的自我

清明寄思

在坟前焚烧冥币
瞬间青烟般消散幻灭
犹如蒺藜黏附在冰冷土冢上
惧怕灵魂在黑寂的虚空中迷路

点一炷香，洒一杯酒
似乎醒悟我们的来处和归宿
如同坟前的柏树清朗明透
破解了斯芬克斯之谜

灸疗脚板上的伤口
救赎走过的歧路
擘画一次次轮回
祈愿在温暖幸福中圆满

秋夜如水

秋夜如水
蛐蛐声宛若沙漏
细数冷光皱纹

我形容枯槁，泅渡
已游荡半生
母亲蹒跚到彼岸
背影佝偻着，再也唤不回
妻子在酣睡中剧烈咳嗽
感冒仍散布余威
女儿，已沉浸梦乡
考研路上荆棘密布，不要畏惧

失眠的我
汽车般疾驰，呼啸声撞碎了
秋夜的这一番温存

坪田村夜色

山神甩落一千多米的黑衫
湮没往来的影子
狗对外人也丧失警觉
夜空浮起儿时的星子
我心被催眠，重归混沌
袒露幽深处的映象

繁星如风，扫荡每个角落
如水晶驱散蒙昧
如蝉鸣，童语呢喃
数着星星
每一次呼吸都小心翼翼
生怕惊醒夜巢中的羽翼

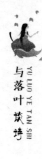

年　味

在我家柴火间里
他娴熟地把纸板箱
折叠成一片片思乡的心笺

他说，年就是小时候自家炸的油条
走访亲友时的最佳礼品
年就是那一声声拜年吉言
红灯笼般温馨地迎面而来
年就是那一串串鞭炮
在硫黄味里似落雪飘散

仿佛一盘盘菜肴的氤氲香气
在异乡龟裂的味蕾上久久盘旋
驮着老婆和满满的年货
明天就赶回家过年

暮 光

风在燃烧，将全身热血
抛洒在湖面上
用炽热的目光，凭吊
被湮没的山城
在归隐龙宫之前
曾经的热闹繁华光亮

让沉寂归于沉寂
让黑暗对抗黑暗
让光明开启光明
让我伫立于此
看到
即将被黑夜囚禁的群岛
涌动火红欢愉的高潮
孕育绚丽的晨光

木芙蓉

花瓣盛开
像秋天的一场宫廷化装舞会
花萼粉唇般啜饮红酒
花柱高耸
如大提琴奏响圆舞曲
蝴蝶环绕翩跹
一队蚜虫可是侍者？
手捧托盘穿梭于衣香鬓影

在寒冬来临前狂欢
各自沉醉于虚妄角色
是匍匐于美色的诱惑？
还是屈服于雄性的威权？
追逐
朔风戴着面具驰骋征伐
枝叶沦陷自我
溺水而重生

觅　痕

时不时照照镜子
像河马一样张开嘴巴
皱纹挤压眼睛
手术后喉咙里的血丝是否消隐？
仿佛审视半生来困顿的日子
暗疾似乎散去，而又重新
在心头筑了一个马蜂窝
时不时探出蜂针蜇刺
蚕食我拥有主权的疆土
如同热带风暴肆虐后一片狼藉
脚印已湮灭
却如此不堪回首

老爷车

老爷车望着我
这位难兄难弟
多少次一起躲过风暴陷阱冷箭——
忍痛拒绝死神的亲吻

它在嘲笑我曾经的
鲁莽冲动又怯懦无知
感叹我也变老了
却如同打蜡一样掩饰
悲悯我粗糙的脸皮
比车门还厚，而学会了
处世如机油般圆滑

我们都变得倦怠冷漠了
仿佛火花塞淤堵生活的伤疤
启动，艰难而又迟钝
后视镜缠绕云雾
来路，苍茫而凝重
归途就像这辆老爷车
难以释怀似的，不停地喘息

结 节

体检报告
甲状腺、肺里都有结节
肾里的结石又来添堵
结节蕴含多少暗疾？
如星斑隐伏多少暗物质？

仿佛老树郁结瘢痕
结节演变心劫
佝偻成钓钩，暗藏杀机
靠自我救赎
挣脱几欲穿喉的倒刺

人生也许就是一场
由一个个结节串联而成的游戏
欲望鞭笞肉体
伤痕淤积气血，又凝固结节
灵魂匍匐着
躲避纷飞炮火的袭击

"有多少风的呜咽，就有多少结节的肆虐"

呼　啸

江滨公园的清晨

只有小鸟在自由歌唱

忽然传来一阵"啊———"的长啸声

让耳膜打了一个喷嚏

一位老奶奶，头发花白

沉腰、收腹、挺胸、仰头

双臂像站桩的树杈一样伸向天空

仿佛展示乾坤大挪移功法

驱走一辈子的忧愁烦恼痛苦

我突然发现眼前

淫雨过后的南明湖变得清澈怡人

像洋娃娃的眼睛一样湛蓝灵动

汹涌浊浪，已被老奶奶的功法吸走？

充满阳光的日子，真好

端午茶

从这一片叶子、一爿树枝
品赏整座高山
沁人心脾，幽香清雅
这是屈子的风骨
忍着挤压砍斫的痛楚
投水，离析人间浊气
龙舟竞渡
用千年辞赋熬汤治病
清热、解毒、驱邪

悼母词

我的母亲一去不返
我的生命陷入迷惘
你慈爱的目光、温柔的臂弯、甘甜的乳汁
都化作辛酸的泪珠、痛苦的情肠
别离像一把利刃
把记忆寸磔，把神经错乱
我就像断了藤的蒲瓜
在黑土地的深处放逐腐烂
可您的叮咛春风般拂过我耳畔
唤醒虚空中骤停的心房

沉 默

你沉默着，浇铸一扇铁门
撞碎我额头的矿灯
这是注定回不去的探索

我心凝固成一堵墙
像被黑暗窒息的浮尸
渴求你一声怜惜
救赎的回音

哪怕有你温柔的一瞥
像催发枯槁嫩芽的煦光
在寒冬里，湮没我脸庞
那是你赐予我的一杯迷魂酒

奔　跑

广场上，橡皮人随风飘舞
宛若满弓发射利箭，追逐汗珠
溶化星光
点亮夜的心房
脚步啮噬路的构思
敲响做梦的门窗
奔向你手中的棉花糖

世界是一个旋转魔方
举手间，就变成另一种模样
高楼提醒你
城市长得飞快
在龙蛋石中孕育跳跃
万花筒般竞放
尘烟，在奔跑中拥吻缠绵

百山祖

在这里
活着的和死去的山峦
都用莫名的传说
赐予你理解的痛楚

有的山，化作泉水
流淌千年纯情
有的山，把谄媚写满茑萝枝头
以攀附攫取更多的阳光
有的山，风化为泥沙
沉积在另一座山谷深处
孕育种子，生根发芽结果
有的山，伪装成单薄的苔藓
迷惑登山者沦陷
有的山，借地壳运动倾轧粉饰
把自我捧作一座丰碑

冷杉如塔，用亿年思索
镇压地火霹雳，穿越风云霜雪

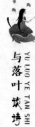

救赎蛇鳞般冷眼

像婴儿一样纯正

充满原动力

啁　啾

春天的小鸟长大了
可果实还没有成熟
看她们饿得
像一群小孩在打闹
仿佛叽叽喳喳地在抗议
这黄梅季的无情闷热
晒枯春的多情美丽

心若青梅
被困在枝叶里
啁啾传到另一只耳朵里
一句孤独的鸣声
会激起慈悲的涟漪
一阵阵颜料泼洒般的呼叫
若蔓延不绝的野草
会点燃夏日的绿火

中秋追月

把匆匆奔忙的灵魂
在此刻
安置在这黝黑的保险箱
那眨闪的星星是开启密码吗？

手背触碰到一丝清凉
是从中秋仍存的炎热里
逃逸的那一丛迷迭香？
指纹已被锈蚀迷茫
桂花还紧闭心房
等待心上人来采撷芬芳
辉光空啜寂寞惆怅

只有那一轮万人共餐的圆盘
以救世主的神态
轻瞥怜悯的眼光
在游子的心头
却是一顿绝情的笞打

中秋漫想

裁取中庸的意象
定制飞碟，给孤独避难
盈盈秋水千载闪烁
想从淤积的乡愁里逃逸

游子用霜刀割据
一隅飞雪的芦苇荡
筑起巢穴，救赎曾经虚度的时光
惊醒年年攀爬的鱼尾纹

群聚的喧嚷点燃篝火
温暖把荒野抹上晕红的夕阳
在磨砂般迷蒙银光里
映现母亲沧桑的脸庞
爱的灵魂共舞圆溢

元湖公园

落日融化了这个城市
在钢筋水泥形而上的丛林里
鸟鸣铃刻金印般感叹

塔吊沉凝
仿佛天鹅曲颈哀号
不能突破的生存镜像
漂染清冷的湖面

白鹭衔来冷月
在呢喃
"还有太阳的时候
我已在碧空，伺机
将你引入寂寥的黑夜"

杨家堂

夏蝉般乌黑瓦背
夏日振翅，刺眼
褪下杏黄色墙皮
旷野在经卷中供奉
被地下巢穴禁锢的历史

根的汁液滋濡焕发
凋枯的容颜
每一条古老的石阶
学会与脚步和解

繁霜凝固岁月的罅隙
天井的瞳仁像药丸
救赎喧嚣，释放
那一轮皎洁的身影
穿越泥墙
门扉痴愚不语

堰头赏樱

花蕊跳动春天的脉律

沿途满目妖娆桃红

烧烫了心房

一抹飞雪惊诧眼瞳

扇起星光般翅膀

珠泪莹莹

不胜娇柔地颤吟

青春如此易逝

落英演绎冬天的愁屑

斑斑白发

在天地经卷中

默诵超度

一片片灵魂的谶签

学　舌

眼神迟暮

寒意凝固啼血

在躯壳上残留萤光

照亮琴弦，跳动的纤指

唤醒莫名的感觉，超然

刺激苦涩麻木的舌苔

在藤萝般结绳日子里

语言终于被激活

在迟钝神经上

记录每一次碰撞的火花

心 火

记忆发馊
仍如凛冽北风
撕裂冰糖葫芦外衣
仿佛酸涩的红酒
在崎岖口腔内探险
穿越座座石门
抵达柔软的沙滩

礁洞吞吐太阳黑子，潮涌
在循环的呼吸里
橡木桶用酒精
点燃了对对脚印

燃烧是一种报复
遗忘是别样的解脱

新年随想

对于在崎岖尘世里
滚动了半个多世纪的肉胎
新年就如腰腹的海拔
又推高了鬓角的雪线
皮肤渐渐变得松弛粗糙
灵魂磨损得千疮百孔

另一个我
在新年序曲中
将炮仗扔入铁罐盒
倾听自由裂变的回声
新衣服穿在身上
像裹着兽皮的新新人类
在如海森林里无拘束地
游荡红润的童真和期望

洗车有感

人生蒙尘
感官上看不到
而车蒙尘，遮蔽你的眼帘

喷洒的高压水枪，带你冲击世界
充盈粗犷的摩擦声
像在艰难时刻搓打你的骨头
神经在抽搐中迸溅幻象
而看不清前路

狂风吹尽你身上的附着物
原来不着丝缕
就是本源的觉悟

我想听到你的声音

哪怕是一声叹息
尽管只是话筒震动的呓语
至少我能感受你心跳
那瞬间，电击我的神经
如一叶帆迎风而绽放

思念如夏草，火热
蔓延成旋涡
你无疑是风暴之眼
席卷我所有生息
沉默是中暑后的红瘀斑
在油炸烟烤般蝉鸣中
虔诚祈祷
这份苦难尽快得到救赎

瞳　孔

瞳孔的记忆

挣脱引线，像风筝扑翅

切割阴翳云霾

披挂闪电般决绝无情

向天空深不可测处

遁逝

呼吸如波光沉凝

寸磔顾长身影

痛楚寄寓凄瑟片段

埋葬在雪原坟茔中

来年萌发青翠氤氲

熏烤心灵最深处曾经的灿烂

弥漫假象的蜃景

上垟窑变

在 20 世纪 60 年代国营老瓷厂
笔直高耸的三根烟囱
仍在向天空展示雄姿
攀附的常春藤气血旺盛
是隧道窑打通了任督二脉？
容颜温润保鲜
如曾芹记坊百岁龙窑
外表斑驳沧桑
体腔内黏膜
宛若婴儿的皮肤鲜红发亮

隐约听到
火苗舔舐瓷胎的噼啪声
仿佛坟墓里的爱神振翅
引弓射穿死神
裹挟阵痛而重生
脐带穿梭交织
如同火与土在交媾
孕育出难以捉摸的魔瓶

山村台风夜

台风用它的舌尖
疯狂舔舐翠峦齿颊
蟋蟀敲响避险铙钹
青蛇滑溜下竹竿
灵魂缠舞枝巅，战栗
血液在秋千里萦回

风迅速偷换月的脸谱
泥墙卸妆，门板抽搐
远处村庄发出阵阵犬吠般咳嗽
灯光频闪，高低飘忽的弦乐回荡

睫毛上的泪珠
载浮一轮明月，静谧
吞噬波浪
原来躁动到极致
就是退潮时轻柔的爱抚

情 殇

思念捆绑我四肢
如同你的发梢
把我钉死在十字架上
把誓言
烙刻在百山祖山顶的石碑上
瀑布如殉道者，撞碎生命
血溅你眼帘

没有你回眸的救赎
我就是冰川，寒冷而孤寂
肉体冻痕累累，灵魂风化支离
我仿佛云翳昏沉
你蛇芯般
啮噬我唇舌，惊醒
从此迷醉于你的万种风情

清明祭祖

清明节

是安装在耄耋之年老父亲

心房内的闹钟

定时催发青莲般幽思

提前半个多月就不停地念叨

去南山上的祖坟前祭奠

那是他年轻时砍柴的地方

父亲的瘦躯起伏顿挫

蹒跚在山路上

像信徒在叩首朝拜

在坟前

父亲颤巍巍地挥动镰刀

娴熟地砍断杂草杂枝

仿佛要把尘世的芜杂再理一遍

他喃喃自语

宛若在风中摇曳的树枝

"保佑全家人身体健康……"
一句句话惊蛰雷鸣般
滚动在这片山的血脉经络间

桥　灯

在拂晓时刻
你们列队发起最后的总攻
似乎要在爆发中
毁灭黑夜淤积的虚荣
在太阳睁开眼睛的时候
你们化作一座座石碑

虚假有时比真实更加辉煌
而沉寂让人肃然起敬
游离是你们本心的选择

九　月

九月是六月倒置的灭火器
烈火宣泄为秋风
变得清冷而有序
蟋蟀不再躁动

九月是那弯上弦月
摇落银光，对饮无语
酒盏轻抿静夜的醇酿

九月是时间砂轮
抹平坑坑洼洼的疤痕
在发出自我嘲讽的叹息后
潜入茂密无垠的芦苇荡

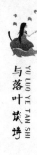

九龙湿地萤火虫

江南暮春多雨水
淋湿干枯的心
诱拐你们迁徙到此处
用草腥味的光触媒
在黑夜嘴唇上点燃烟斗
仿佛疾指弹奏丝竹

一缕清凉的风
扇走幽径深处的星子
明灭似得失瞬间
犹如暗寂观察
天地碰撞产生的化学反应
廊桥瞬间遁逝无形

画乡卵石路

古堰画乡，烟雨江南中的模特
鹅卵石路悠长
轻踩那撑着油纸伞的背影
露天电影般频现光噪
光阴倒悬，沥沥滴下泪珠

脚板被硌痛的神经
联通青春斑驳的记忆
犹如千年古樟下的一窝龙蛋石
沙漏参不透谜底

舀一江瓯水
沉硬如铁
留白，如此脆弱不堪

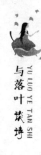

寒夜思

湖在谛听山的脉动
山轻揪湖的冰耳
落雪无声
舔舐湖山肌肤腠理

渔网枯立船头
仿佛期盼春江鱼汛
牡丹亭思绪飞扬
怀揣被冻僵的诗句
而逃不脱冰封的结局

灯光传来阵阵丝竹声
何处可觅踪迹？
弹拨温泉的水袖
挥舞冰凌如雾
将地心处的热力呈给你

在悬崖冰瀑处
抖颤和风般花枝
至冷处隐伏炽热的熔岩
最暗处绽放最亮丽的烟火

胡子的酒庄

用酒坛垒筑城堡
把生活中的五味药草
掺入糯米中
酝酿酡红的美酒
喝了它，就豪情满腔地披上盔甲
为护卫城堡而战斗

蛐蛐脆亮的鸣叫
是星星醉落松涛中的心跳
打开五月夏夜的城门
一只狐狸
耷拉着尾巴，悄悄溜进
终于找到安心的巢穴

冬夜轻语

月光
横亘于阴阳两界的骨架
皱纹的釉质闪耀
在冷夜枝头芦雪飞扬

风总是胡乱掺和
无法离弃的款曲
和弦逸散
潜入思绪的行间
笔墨点点

荒野的眼神凄厉
巡视
眉峰在烟云缠绕中
倏忽飘逝
犹如星河濯洗清愁

酒盏轻摇的涟漪
浮影挥之不去

浅挹
刺喉的火苗
点燃沉睡的底泥

冬日之眼

寒潮的尖嘴利喙
啄走冬日豌豆般的眼珠子
仿佛罹患白内障
看不到开花结果的希望

依稀感到，落日斜晖
揉碎江鹭的孤影
宛若母亲的叮嘱
字字如金箔
在冰面上跳跃

芦雪飞舞
用久逝的春光
猛地给我冷硬的心口
一记热辣的鞭笞

春与早樱

春的翅翼悄然撩拨
早樱粉嫩的茎蕊
犹如不经意间点燃引信
裙摆焰火般绽放

春天战栗着性感的红唇
惊醒雪藏的嗅觉
顺着毛茸茸的触角
试探戒律与情感的界限
挡不住冲动的欲望
而恣意吮吸
激起缤纷落英、回眸的涟漪

春日访惠明寺

阵阵木鱼钟磬声
送来黄墙边满坡青翠
靠悟性和虔诚的步伐
终得觐见
惠明白茶祖树的虬枝嫩叶
披上红绸
像刚过满月礼的婴孩
在酣睡中微笑

在阵阵梵音中
我恍若放生池中的那只龟
匍匐假山上修行
仿佛点亮了生命轮回的禅灯
用过往的风霜雨雪
烹煮一壶明透鉴人的清茶
在醍醐灌顶中
入定、寻味、慧悟、净化

春满千峡湖

山花似白鹭
在翠峦枝网间筑起梦巢
桃花源深处流淌
蓝宝石般眼波
仿佛一团固体酒精在燃烧

风席卷粉红色唇舌
撩拨像花瓣一样绽放的峡湾
春光镌刻抬头纹般的湖岸
孤岛似流星
撕碎幽蓝夜幕

采菊东篱下的悠然
怎敌春心荡漾的波澜？

白玉兰

时光穿透窗格
春风再度用鸣啭声
在寒冬枝丫间
给碧空留白
牛斗倾泻耀眼银光
渲染雪塔蓬松的意境

在白纱裙裾中踮脚
舞动粉红花蕊
像晨曦一样翻卷云雾
消弭王冠的暴戾
酿造生灵呼吸的纯净空气
哺育生机蓬勃的花房

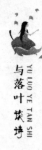

晨跑漫想

晨光撞碎青瓷色的天际
白云驾驶胸中丘壑
甩脱虚妄负累
呼吸是欢愉的诗对

脚步点燃熊熊大火
汗珠聆听前方的呼唤
晕染星辰、会聚桅灯
孤魂自由的旗语
在地平线尽头飘舞

而逆流泅渡
永远抵达不了彼岸

不同的马拉松

他坐在轮椅上满脸微笑
只是讲到致残原因时
眼角闪过一丝忧伤
而又恢复风轻云淡的言谈
化解了我首次参加半马比赛的凝重

在同一条起跑线上
发令枪响
我像一头强大的狮子奔跑
傲视后面蜗行的轮椅
心率也随前方道路飙升
呼吸子弹般打击胸膛
突然间脚趾痉挛
就像一只企鹅蹒跚

看他们冲向欢快的海洋
而我还在祈望尽快走到终点
这无力迟暮的感觉
是他们曾经历的痛楚

抱器轩

历代陶瓷器皿在这里会聚
仿佛一出中华文明变迁的连续剧
时光隧洞
让我陷入头皮发麻的恍惚

原始部落的鱼纹彩陶罐
洒落荒凉粗犷
商周的烽火
尚留金戈铁马的痕迹
汉代的朴拙，南北朝的疏狂
都已隐居参禅
唐宋的精致风雅
在元明清的动乱中支离

我的心
似乎也成了一件瓷胎
刨去尘世的渣土污垢
打磨那一抹风流的釉光
在烈火中裂变重构
生命意志的内核

病床上的母亲

病床上的母亲
像雪夜莽原中的残破木屋
在寒风呼啸中挺立
"你饭吃过了吗?
家在哪里还能找得到吗?"
絮叨如花白发丝
在我每个毛孔内滚闪纠缠

她皮肤宛若木炭发光
烧红我湿冷的脸
泪珠沿母亲煎的荷包蛋
暖暖滑过我每个味蕾
咸涩酸楚中裹挟浓浓的香甜
潜行在每条毛细血管
我通体发出幸福的光

城市的蜕变

天空的灰烬与阳光
随桩机的锤击声
谱写城市的心电图
高峰与低谷交错
地铁，公交车，电瓶车，行人
匆匆碰面又分离
奔向各自的目的地
在镣铐中舞蹈

我们所看到的
——城市子宫蠕动
规律而又麻木的蜕变
一切形而上的既定轨道
犹如裁剪哈哈镜的光影
拼凑自感美丽的新衣

打　桩

一锤锤
撞击泥土，或碰上亿年玄武岩
震动声宣告行动的威力
粉碎耳膜
而穿不透水的神经触角
惊动龙宫的虾兵蟹将
却撼不动托塔之手

打桩看似打铁
通红的铁，被任意折成各种形状
而桩机的钻头，常有折戟之痛
一声声长叹
犹如命运的碰撞，引发地火的喷薄
沦陷而爆发
毁灭就是重生

大济进士村

在这里
荒草长满泥墙
批阅长短不一的泛黄奏折
卵石层叠，如书虫列队蠕行
抒发胸中块垒
进士牌坊、挹清楼、善继堂……
蕴藏酒糟咸蛋的醉意

远处传来鼓乐阵阵
吹开吴氏宗祠的大门
落自天庭的花翎
恍惚看见
红灯笼、红蜡烛、红盖头
人生的高潮汹涌来袭

重檐总被风雨打得伤痕累累
古井眨着荧光
沉浸在往昔的清高狷介中
冷看风吹来的燕子翩跹

夕阳斜照，影子寂寥
古廊桥自言自语
"我们竭力所呈现的今生
是再也回不去的前世"

钓

尖喙像钓竿
白羽是迷离的浮标
灵魂扑翅
铺设诱惑的窝
渔线抖动
钓饵盖上垂涎的钤印

云游荡
编织窥伺之网
风像鱼鳞一样明暗善变
在蓝宝石台面上
吹动筹码，寒窣
鱼儿嘲笑的鼻息？

钓与被钓构成一场赌局
山之倒影
见证的荷官
如网迫近
欲望与逃离
在拥吻中搏杀

冬日屏南行

山神触翻奶桶
恣意泼涂抽象主义画作
如同纱裙条缕碎片散落在
弯曲性感的腿脚上

巨人头颅插着翎羽
在蔚蓝色大海里起伏涨落
椋鸟啄食树莓
仿佛落单的探险家
在童声般阳光中
托举出洞穴远古的火把

倏忽
苍冷的西风
卷起满目鹤发
冻结时光机

独山蟾峰

茫茫沧海中一头鲸鱼
搁浅在松古平原
自以为摆脱了尘世的烦扰
头顶戴上清高的飞檐
可知冠冕仍被錾刻——
媚俗的光环?

秋夜用月光
测量鸣叫的分贝
在你肩背上垒压黄金楼阁
舔舐肌肤中的髓液
可入药
也会令人目眩神迷

父亲的药草

老父亲
一辈子精研岐黄医术
终抵不过岁月的阴阳五行桎梏
满头青丝覆满
霜雪，步伐正渐渐蹒跚成
迟缓的脉象

父亲老了
那张脸，纵横沟壑
像一把风刀刻下的版图，沧桑中的
磨砺，呼啸着一路奔跑的
星尘

酸梅汤的愁楚
在心里流淌，而父亲
总是自傲地甩开
搀扶的手
他说，我还能搭脉开方
煎泡汤药

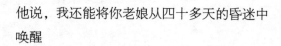

他说，我还能将你老娘从四十多天的昏迷中
唤醒

固执如药石
和着各味药草浓浓地煎熬
而我的祝福
或许，就是深植于广袤原野上的香草
悬壶济世，则像一盏不眠的灯
照父亲，照我，照世间每一条
从暗夜里走向黎明的路

孤　叶

秋风卷走一万片黄叶
唯独剩下这一叶
被霜刀染红
做成琥珀坠子
已不再是暗寂的许愿

风胡乱拨动山水
摧毁昔日和弦
震落山之鬓发
点燃柿子，像香火升腾
孤叶嬗变古寺钟声
在崖壁上放浪形骸

古街寻迹

朝迎晨曦，晚送夕阳
静听白发皱纹的絮叨
用千年的岁月
打造这一把把菜刀
炉火不灭，淬炼不止

不知从什么时候起
摩托车电瓶车的碾轧
挤兑古老的法则
外地人的声音充斥西风的皮囊
空旷寂寥被嘈杂浮躁的香火供奉

古朴的身躯难以抵御
电动液压机呼啸的冲击
灵魂已经冥顽不化
却被凌乱躁动的脚步
熬制成想象中的红糖

安静是浮于青瓷表象的温润

裂变在火焰的反噬中
压力镶嵌在暴突的神经里
端午茶裹挟退火的气息
反被抹上厚重的盐
腌渍成戏台上的老生
饮风饮火，唱着高腔
演绎古老的传言

户外穿越

在流雪下
孵化一窝野果
酝酿雾酒，饮之癫狂
在群山健硕的胸膛上
放纵跳跃
标识自己的领地

在青岚间
舞动一把镰刀
砍断枯藤，杀出生路
豪气洞穿幽谷
寒风如转经筒，穿越阴阳两界
驱跑魑魅魍魉

火与冰的相对论

火以滑板的冲刺
画出风云轨迹
冰以倒背摔抵抗
防止堕落地狱深渊

相对论试图论证
冰很享受火的温存
火的利喙却觊觎
大草原肥美的羊群

火与冰抗衡
仍逃脱不了
淬作三生石的宿命
万物轮回，终归于天地苍茫

龙现村

龙涎滋养龙族的子孙
在房前屋后开凿半亩方塘
田鱼静修跃龙门的功力
故乡是一艘蒲草船，扬帆
漂洋过海，雕刻石般的坚韧
在爱琴海衍生龙族根系血脉

石墙褶皱里暗绿的封门青
刻画青年的热血、中年的风霜、老年的禅钟
石阶斑驳陆离
是爱恨离合的泪水侵蚀
吴记油坊
把生活的苦涩都榨入油箍饼

稻花暗香酿作米酒
再炒一盘苦麻皮，举杯
在老宅凭吊风干的记忆
斗秤可否称出往事的斤两？
月光不经意地在斗拱间

点亮盏盏渔灯
熨平龙脊的皱纹
龙族子孙再次云集腾飞的波浪

江滨拍月

八月十六的月儿正圆
发出圣洁晶莹的光
众人蜂拥防洪堤拍月

月儿一脸的无奈
好不容易袒露胸怀
却被人类捏着拍踢着拍
架在桥柱子楼顶上拍
还怪她爬得太高太小气
仿佛污水经化学处理后比清水还清
谎言比真相让人更加相信

在天然的光明面前
任何矫饰都显露原形
在普照的博爱下
任何贪婪都不堪一击

苦咖啡

在你眼窝里
研磨，细细地
香气是一时的麻醉
而苦味已渗透到骨髓深处

我呷一口苦咖啡
从舌尖顺着喉咙
弥漫你赐予的苦味
顿时凝噎

你说，在炎热的夏天
苦味是清火的

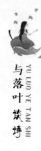
理　解

记忆是一种谎言
理解是一场赌局
活在春花秋月中
潜藏迷幻杯影的旋涡中
磨灭岁月的老茧

索取源于子宫的记忆
亚当夏娃最原始的错误
自以为是生命全部的花蕊
用流血的苍生、污垢的双手
塑造自我的理解

理解或不理解
却始终解不开——
斯芬克斯之谜

量血压

红海肆虐冲刷
残贝凌乱，蟹脚
横行牵扯
沙滩中经络穴脉
堵塞血管的礁岩
笔直冲刺汞柱之巅

在岁月板块挤压下
腰腹的海拔一天天升高
难以泅渡
马里亚纳海沟的旋涡
匍匐在珠峰脚下
膜拜忏悔
在血色暮霭里
旗云垂下悲悯的目光

面　试

人生中
与洞房花烛夜同等重要的时刻
考官像泥菩萨一样泛光
冷漠审视
戏台上的生旦净末丑
无论演得好坏与否
都得不到掌声和喝彩

五内的江湖波涛汹涌
而竭力装作安静如夜
不料手脚颤抖
堵塞话语的河道
语言只是一个人华丽的外衣
却成为衡量命运的秤砣

母亲的城堡

母亲一天天衰弱
一次又一次摔断骨头
躺在病床上的她
仍然没有忘记构建城堡

在她的城堡里
我是永远长不大的孩子
淘气、任性、爱玩
她整天担忧我
找不到回家的路

母亲昏睡了
我就真的迷路了
四十六天后
母亲终于醒了

她的笑脸告诉我
做任何事都要执着

那年七月

湖面变幻，搔首弄姿
童稚被勾引
你俩纵身一跃
挥霍一生快乐
留给父母一辈子痛苦

记忆最毒辣
过早体验到死亡的炙烤
白花圈，白帽子，白幡幛
父母的双眼血红干涸
发誓要破解死神的魔咒

生死之道
我至今不能悟透
你俩用瞬间打通
时间魔障
已在记忆中风化迷离
原来时间是最好的解药

那支烟

半夜酒醒

找寻那支烟

那支醉时没有抽过的烟

是昨天留下的烟

仿佛半生希望

化身烟丝裹挟中

早忘了我已戒烟二年半

翻遍年轻时的懵懂

思尽中年时的蹉跎

可就是想不起

那支烟放在哪里

只有在梦里拼凑

那支烟

南明湖

瓯江是流淌的血液
在浮桥上摇晃
脉搏明灭如波
犹如古刹默诵经文
超度往来魂灵

码头是母亲肩背上的篓筐
盛满枫杨蝉鸣
独坐城楼
远眺桅灯轮回
杨柳岸抛出钓竿
回应处士星的召唤
广场舞步火热
考验岁月的耐力

喧嚣与寂寥
像一出故事剧在叙述
"湮没即传承，存在即流逝"

屏南群山赋

在阳光胴体上
谱下高音与低音
云裳翩跹中
一位老农牵着水牛
踏破重峦雾嶂
走向层层叠叠的梯田

站在千米高台上，心是垒石构筑
骄阳炙烤眼眶，欲望如火
舔砥绿源幽深处
而始终冲不破
山岚重叠的八面埋伏

破除灰暗

野蛮部落的祭祀仪式

青蛙被剥皮

裸露灰白的筋膜，供奉神灵

空气充溢死鱼的腥臭味

天灰暗窒息生灵

大山在哭泣

大地在流泪，浑浊咸涩

污泥淤积膨胀

被用作描画图腾的颜料

愚昧血腥，呐喊狂舞

灵魂已麻木

最后的晚餐，绝望回荡

电闪雷鸣

击毁巫师的法杖

彩虹轻洒甘露

洗礼天地以澄碧

在孩子银铃般笑声中
绿色重新涂在色板上
母亲的脸再现阳光

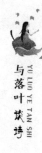

千岛湖日出

云雾在群岛间修行
裹挟心火，晕染水墨残月
像孕妇临产
祈求释放张力
宛若跳动的弓弦
在波纹间弹奏金色音符
发出阵痛的呐喊

秋风在救赎
犹如鲤鱼跃龙门，挣脱羁绊
冲天，焚毁一切虚妄
黑夜的血液，沸腾
鸟翅汽化
形成两个世界之间的量子纠缠

千峡湖

吸纳白云的飘逸

我是云间穿梭的那条鱼

游在蓝宝石镜面下

擦亮全身的鳞片

乘波浪飞奔向你

献上纯洁如练的歌声

迷醉在你眼眶的醇酿里

我把一座座岛，如碧玺系在心上

只想印证诺言的坚定

每一拨松涛的汹涌

是对你水晶似笑靥的回眸

每一声蝉鸣

为爱歌唱，直至耗尽生命

每一个肺泡被你吻后重生

每一个峡湾张开双臂

抛撒千张网，俘获浪子的心

我愿是缠绕你的忘忧草

与你播洒的晨曦呢喃
我愿做你怀抱里的那一叶帆
躺在夕阳的摇篮里
听鎏金的港湾浮沉呼吸

思念如风
碎金般镶嵌在暮光翅膀中
追风人在夜的孤寂中徘徊……

青瓷裂纹

千年风雨磨砺
江山，在水与火的淬炼中
钝化结晶
谱写南宋词话

川流捭阖
仿佛冰面在风与帆的碰撞中
裂解重构
结满时光蛛网

落晖轻拂脸庞
唤醒脑洞幽深处的斑点
每一个蝼蚁般结节
都是岫峰成长轨迹
骨骼，任由泥土噬尽
却抹不去空灵的张扬

秋　祭

秋以一个完美的转身
对夏说再见
仿佛残荷对莲心策划了一次
精心的叛离

悲剧从来就是剖开胸膛
细细挑开隐秘处
果实里，横陈灵与肉的纠结
外壳渐变阴虚的黑斑
红月亮般马太效应

飞灰如翼装
凭吊曾经的炽热
在黄叶枝头镌刻下
无法救赎的毁灭

秋日乡村蓝调

瓯江之畔，秋水伊人
播撒种子，演奏
梦幻的旋律，升腾
粉黛色云雾
一场浪漫的音乐盛筵
每个毛孔充溢
乡村蓝调的音符
秋风在净空涂鸦春花的明媚

穿上紫色的纱丽吧
神秘气息
诱惑蜻蜓探索
黄叶复活
跳起青春舞步
那激情迷蒙的眼波
在粉黛乱子草的热吻中窒息

秋　别

秋雨若波涛席卷夏季余热
萤火虫掐断荧光棒
旷谷的呼喊无人知晓
如同稻穗的苍凉
镌刻在菊瓣上

没有人理会，雨水井打的喷嚏
行人匆匆，裹紧落叶风衣
秋与夏断交，冬与秋话别
周而复始的离肠

热情蛰伏理智内织茧
秋收纳万种风情
一缕桂花香却逃逸嬉戏
仿佛风筝相约碧空私奔
一叶扁舟逃离手掌心

台风雨

疾厉的沙沙声
风抽打雨滴
抹不尽的泪珠莹莹
眼窝涨了大水
行道树抽搐，淌下死亡的飞吻

曾经的小木屋
像雾一样被瓦解
土壤底下的根疤
伤口的历史被展示

眼神把小船推出港湾
在飘摇的习惯中
缆绳祭奠风暴突袭的老茧
挂起那张帆
在收纳痛楚后铺陈风景

同学会

光秃的脑袋
是白酒杀青后的盐碱滩
赶紧拿出笔记本记下
这是很好的剧情素材

激情若草原躺平
而酒量和腰围一路上涨
橡木桶般
酿出花语的果霜皱纹

小纸条，曾经羞涩犹豫
如今化作酒杯凌厉的目光
在加油声中
试图扳回岁月的手腕

夏日晨跑

天是刚出炉的烟灰瓷
铺陈起伏温热的柔情
脚步给大地来一次按摩
时而沉闷，时而轻盈
汗雨打通经穴，点燃山岚湖光
吟唱天地阴阳相交大悲赋
天青色嬗变一坛烧心老酒
亲吻孕育烈焰的红唇

将鸟鸣吸进肺叶丛林
跳动着，追逐着
雏鸟啄击子宫
战栗着，收缩着
从火巢中飞出一只精灵
衔碧玉降临尘世
从此记忆失去怀胎的痛楚

夏夜的呼吸

呼吸窃取蝉鸣的机密
重组基因
化身冷酷杀手

黑夜是紫水晶
眼神诡魅
催开夏花，聚光生火

蝉中了迷迭香，纷纷扑向火堆
杀手被杀于无形
——呼吸交融的啮杀

香草寻魂

暴雨摧毁石墙
倔强的灵魂昂起头颅
一抹幽寂，穿透漆黑的林幕
残阳如游丝轻叹

腐尸凝血
挣脱刀光剑影的棺盖
肌肤如水
藤萝般披散长发
山峰高耸
闪烁迷人的光

邪恶精灵
窥伺盛筵，沼泽地里
泡沫黏腻，陷入高潮的狂舞
是谁，飘离了扭曲的胴体

地火在神秘的洞穴里
淬炼，独抱芳华

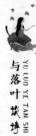

澄澈的泉水中，又是谁

悲欣交集

　　——风，在彷徨

寻 梦

像哥伦布探索新大陆
您佝偻着
独行大半个城区
而儿女们却苦心搜索您的身影

您胸椎腰椎手臂上的陈伤
随风蹒跚
如同危房，四处漏风
瞬间轰然倒下

在重症监护室
一条条无序跳动的曲线
是缠绕儿女脖子上的绞索
您用它构筑梦巢

梦醒后，您吐丝般
絮叨奇遇记
仿佛您白了又黑的头发
任意驰骋或苍莽世间
炫耀生命的光芒

夜半有感

蟋蟀声像长满耳穴的荒草
老旧空调的嗡嗡嘶哑声
犹如身陷大溪沙坑的顽童
拼命地挣扎重生
夜的空寂，抽干大脑的髓液
风的身影，叶的静音，魂的失语
干涸的喉咙
是泛着昨晚老友深情的酒盅

酒香随流星划破
无数个难解的谜
仿佛风随意地卷起
发黄破裂的旧书
捋不清哪一页是甜蜜
而哪一页是艰辛？
年过半百
就像这浓浓的夜
五味杂陈，浓浓地酝酿
一次次地沉醉湮没
而又一次次地拥抱晨曦跑起来

夜半雨声

雨疾声声，抽打夜幕
是千年塞鼓，铿锵铁骑
蒸腾亘古波涛，离骚愁绪
岁月游离星河

雨缓声声，何处丝竹？
是江南吴语呢喃
轻笼水袖，浅唱低吟
激活千年泪痕

轻研水墨
晕染风之飘带
望得见绿肥红瘦
却抹不去桨影乱波

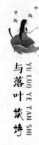
忆老友

如清一色的麻将
在百草火锅里乱胡
杯中醉眼吆喝吃碰
友情是通红煤块
语言被烧结

在故乡的街头
夜色打出不搭的迷魂牌
拥抱冲动
青春进入暮年
风却开出一剂虎狼药
澥了火性，伤了元气
霜雪在记事本里下了蛋

异乡雨晨

一次又一次
推开窗外的雨幕
雨声在晨跑
仿佛一个孩子
渴望新奇的玩具

青草尖的雨珠
滴滴敲碎雾岚
远山搏动，起伏有力
就要冲破躯壳的束缚

中秋印记

最圆的那轮月
萦绕儿时的滚铁环
像清风滑过夜空的幽蓝
月儿轻轻摇动，洒落桂雨叮叮当当

仿佛咬了一口月饼
桂花香，顺着母亲的眼光
缝补儿女衣角的那圆缺

母亲的白发
繁星闪烁，仍在轻吟儿时的月光曲
母亲的中秋节
烙在基因里的那枚印章
越来越明亮

它，始终悬挂在我们心上

走龙泉西街

在龙窑中秘制千年
积淀眼光如龟壳斑驳
醇酒般釉色
酝酿
鱼的灵动，花的灿开，龟的蛰伏
——宋朝的惊艳一瞥
情结之火从此蓬勃蔓延
烧刻基因瓷印，若泉水世代流淌

打铁铺的阳刚风，青瓷铺的阴柔气
在命理师的指尖轮回
中药铺煎熬五行生克的药草
疏通愁肠，焕发枯颜
——魂灵保鲜的药引
重绘前世今生
在轻启窗棂的圆月中闪耀